U0165622

漢語拼音

羅秋昭　盧毓文　編著

嘶聲
Sī Sì

木頭
mù tou

磁 Cí

雞 jī

拉鏈
lā liàn

火車
huǒchē

五南圖書出版公司 印行

序

　　中國的漢字與西方的文字有很大的不同，西方文字是一種拼音的文字，也就是說，西方文字呈現的是語言的聲音，從聲音中認識文字的意義；而漢字是一種表形的文字，文字意義從字形中表現出來。由於漢字是形符，所以文字不容易念出正確的聲音。雖然漢字有 90% 以上的形聲字，但是形聲字的聲符，或受地域影響，或受時間影響，有些字已經無法「有邊讀邊，無邊念中間」了。所以學習漢字，先要學會標音方法，這是不得不做的功課。

　　漢字的標音法，古代用反切法拼音或用「讀如」來標音。明代神宗時，義大利傳教士利瑪竇（Matteo Ricci）爲了在中國傳教，曾用羅馬字母作爲記錄漢字音讀的符號。1867 年英國人威妥瑪（Thomas f. Wade）曾將明、清傳教士所用的羅馬字母整理成威妥瑪式拼音符號。1906 年我國創制了郵電式羅馬拼音字母。而早在 1871 年，美國耶魯大學中文課程語文教師爲了需要，也編定一套耶魯式拼音系統。到中華民國建立以後，爲了語言統一，方便學習字音，在民國七年，正式公布注音符號。民國十七年，教育部又公布了國語羅馬字母拼音法，這種拼音法被稱爲「國語注音符號第二式」，它是以羅馬字母爲譯音符號，主要是方便外國人學習華文。到了 1958 年中國大陸將注音符號第二式變動幾個字母，修改爲「漢語拼音」。這兩年臺灣又爲譯音符號有所爭議，有些人士爲了兼顧漢字拼音及臺灣鄉土語言的標音，新制定了「通用拼音符號」。

　　以上幾種漢字拼音方式除了注音符號具有文化色彩以外，其他

拼音方式都是以英文字母爲拼音的符號。英文字母共 26 個，而 v 在漢語拼音裡沒有這個字音，所以只用了 25 個字母，而漢語的注音符號「聲」有 21 個，「韻」有 16 個，總共是 37 個，以 25 個字母拼讀 37 個字音自然有重複使用的情形，例如：z 是注音符號ㄗ，h 是ㄏ，而 zh 代表ㄓ音，ch 是ㄔ音，sh 是ㄕ音，eng 是ㄥ，ong 是ㄨㄥ音，ei 是ㄟ、ui 是ㄨㄟ音。而還有以一個字母代表兩個聲音的，如：e 在漢語拼音裡它發出注音符號ㄜ的聲音，也發ㄝ的音；像 r 在漢語拼音裡發ㄖ音，也發ㄦ音。還有一個聲音有兩個符號來表示的，如：w、u 都是國語注音的ㄨ。i、y 都是注音符號ㄧ，所以漢語拼音有它難學之處。此外在調號的標示，雖然也與注音符號相同，用的是趙元任的「五度標調法」的符號，但是標示的位置卻不同，所以學習漢語拼音，無法直接由注音符號轉化。

但是漢語拼音也有它的優點，例如：ㄞ、ㄟ、ㄠ、ㄡ是複韻符，它是兩個韻結合起來的，在注音符號裡看不出來，但是在漢語拼音裡則一目了然，ㄞ（ai）、ㄟ（ei）、ㄠ（ao）、ㄡ（ou），又「ㄢ、ㄣ、ㄤ、ㄥ」是聲隨韻符，ㄢ、ㄣ收前鼻音，ㄤ、ㄥ收後鼻音，在注音符號裡是看不出來的，但是用漢語拼音則顯而易見，因爲ㄢ（an）、ㄣ（en）、ㄤ（ang）、ㄥ（eng）清楚的看到收 n 或是收 ng。

在許多種標音漢語字音的符號上，注音符號是最能把握正確而清晰的漢字字音，但是對於已經有英文背景的老外，漢語拼音或通用拼音是比較容易學習的拼音方法。如今由於漢語拼音在海外已取得它的優勢，而立足臺灣，放眼天下是我們的教育目標，是以我們不但要認識注音符號的標音法，對於漢語拼法，最好也能認識和使用，相信放眼天下對提升國際觀是有助益的，是以編寫本書提供

讀者參考。

　　本書編寫方式由單韻符入手，穿插著聲符和韻符，由淺而深循序漸進，單韻符注重口形，有口形圖，聲符部分，每一符號藉形音義兼顧的圖畫加強記憶，其內容適用於初學漢語拼音者，也適用於已有注音符號基礎者，希望讀者多會一種標音工具，有助華語文的教學。

目 錄

一、漢語拼音符號

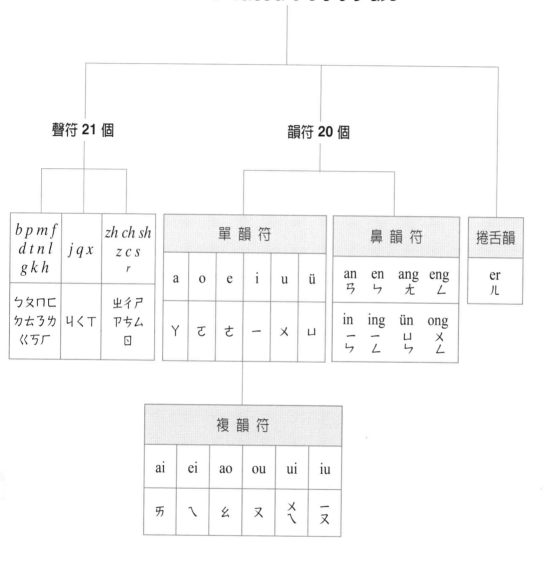

聲符 21 個

$b\,p\,m\,f$ $d\,t\,n\,l$ $g\,k\,h$	$j\,q\,x$	$zh\,ch\,sh$ $z\,c\,s$ r
ㄅㄆㄇㄈ ㄉㄊㄋㄌ ㄍㄎㄏ	ㄐㄑㄒ	ㄓㄔㄕ ㄗㄘㄙ ㄖ

韻符 20 個

單韻符

a	o	e	i	u	ü
ㄚ	ㄛ	ㄜ	ㄧ	ㄨ	ㄩ

鼻韻符

an	en	ang	eng
ㄢ	ㄣ	ㄤ	ㄥ
in	ing	ün	ong
ㄧㄣ	ㄧㄥ	ㄩㄣ	ㄨㄥ

捲舌韻

er
ㄦ

複韻符

ai	ei	ao	ou	ui	iu
ㄞ	ㄟ	ㄠ	ㄡ	ㄨㄟ	ㄧㄡ

二、單韻符

單韻符是一個單純而聲音響亮的母音。發單韻符時，要口形不變，舌位不變，發音時要特別注意口的形狀。

a　（ㄚ）	發 a 音，嘴要張大。
o　（ㄛ）	發 o 音，口腔要圓，口形也要圓。
e　（ㄜ）	發 e 音，口要略扁，牙齒不可合起來，要微張。
i （**yi**）　（一）	發 i 音，唇要展開而扁平，牙齒要微露，是個齊齒呼。
u （**wu**）　（ㄨ）	發 u 音時，嘴要嘟起來，它是個合口呼。
ü （**yu**）　（ㄩ）	發 ü 要注意口形，唇要掀起，是個撮口呼。

a (ㄚ)

口形

bà
爸

mā
媽

dà
大

Ā yí zuò shā fā, mā ma chī xī guā.
阿姨坐 沙發，媽 媽 吃西瓜。

【說明】①a 在拼音裡用得很多，它是單韻符，發音時要注意口形。
可把三隻手指頭並排，豎放上下牙床之間有助正確的發
音，例如「阿姨」的阿。
②a 由於是單韻符，口腔、口形、舌位都不變，發音時要先
把口形定好，再發出聲音，等聲音停止再合口。

O （ㄛ）

口形

dà fó
大　佛

bó bǐng
薄　餅

pō mò
潑　墨

Pó po mō yì mō, lǐ miàn shì shén me?
婆　婆　摸 一　摸，裡　面　是　什　麼？

【說明】①o 是單韻符，讀它時口形不變，舌位不變，念時嘴唇是圓
　　　　的，口腔是圓的，它從發音到收音，口腔、口形、舌位都
　　　　不變。不可以一面發音一面收口，要把它讀完整，等聲音
　　　　停止了，才可以把口合起來。
　　　②o 的發音，把兩隻手指頭並排豎放上下牙床之間有助 o 的
　　　　發音，例如「我們」的我。

e （ㄜ）

口形

è le
餓了

é
鵝

kě lè
可樂

Gē ge kě le hē kě lè.
哥 哥 渴了喝可樂。

【說明】① e 是容易發音的符號，讀它時要把上下牙齒略露一些小
縫，自然發出聲音來，它是開口呼也是單韻符。念它時口
腔、口形、舌位都不變。上下牙床輕觸一根手指頭有助 e
的發音，例如「可樂」二字。

② e 單獨與聲符拼音（ke le）（讀成ㄜ）時的讀音和兩個韻
符有 e 的讀音不同，如：ei、ie。

③ 英文 26 個字母中，e 是最常用的符號，在漢語拼音也用得
不少，用於複韻母時同注音符號的 ㄜ（e）和 ㄝ，如：ei ＝
ㄟ，ie ＝ㄧㄝ。

yi / i (一)

口形

| **yī**
一 | **yī fu**
衣服 | **yǐ zi**
椅子 |

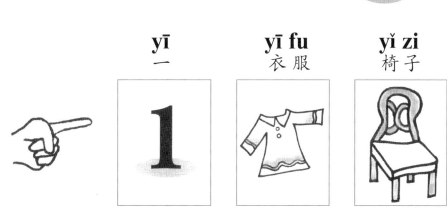

Yí ge ā yí zuò xīn yī,　qī ge ā　yí chuān xīn yī.
一 個 阿 姨 做 新 衣，七 個 阿 姨　穿　新 衣。

【說明】①i 是單韻符，yi 這個注音符號最容易學了，除了字形容易
　　　　分辨以外，聲音也容易學習，最重要的是把口形擺正確，
　　　　口形是扁平的，而且要把牙齒露出來。
　　　②i 是單韻符，與聲符拼音時用 i 代表，如：李子（lǐ zi），
　　　　但是單獨發音拼寫時，要在 i 的前面加上 y，成爲 yi，如：
　　　　椅子（yǐ zi）、醫（yī）生。
　　　③i 發音時把嘴咧開發 yi 的音像在說「笑嘻嘻」的嘻，也像
　　　　一根手指橫著的「一」字。

WU / W / U（ㄨ）

口形

wū zi	tù zi	dú shū
屋子	兔子	讀書

huǒchē 火車

Huǒchē lái le wū-wū-wū……
火　車　來了　嗚　嗚　嗚……

【說明】①wu 是合口呼，念時要把嘴合攏起來，發出來的聲音就像是
　　　　火車汽笛的嗚叫聲。

②wu 可以單獨拼音，寫成 wu，如：嗚（wū）、五（wǔ）、舞
　　（wǔ）的拼音，直接注 wu。可以當聲符用寫成 w，只用
　　w 和韻符拼，如：彎（wān）、爲（wèi）、旺（wàng）。

③可以當韻符用寫成 u，也就是與其他聲符拼音時則用 u，
　　如：書（shū）、布（bù），也可以放在拼音的中間當介音
　　用，也是寫成 u，如對（duì）、中（zhuōng），我們要了
　　解它的變化才能不錯用拼音方法。

ü / yu (ㄩ)

口形

yú	yǔ yī	dà yú	yù tou
魚	雨衣	大魚	芋頭

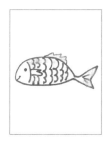   

Hóng yǔ yī, lǜ yǔ yī, dà rén xiǎo hái chuān yǔ yī.
紅　雨衣，綠雨衣，大人　小　孩　穿　雨衣。

【說明】①ü 是單韻符，它只可以和 j、q、x、n、l 拼音，如 nǔ
（女）、lǚ（屢）、jǔ（舉）等，u 單獨發音時要在 u 前加
上 y 成為 yu。

②ü 字母上面本來有兩點，和 j、q、x 拼寫時則可以省略這
兩點。因為 j、q、x 不能與 u 拼，只能與 ǔ 拼，省略兩點
寫成 ju、qu、xu。

③ü 是撮口呼，讀它的時候要注意口形，圓唇嘟嘴像要吹口
哨，但不送氣就能發 yu 音，例如「下雨」的雨。

三、聲調練習

聲調的種類

　　聲音高低升降的變化就是聲調，聲調是漢語中不可少的一部分，漢語的聲調有四種，即陰平（第一聲）、陽平（第二聲）、上聲（第三聲）、去聲（第四聲）。標示聲調的符號稱爲「調號」，一般都標在拼音的上方。

　　目前調號是採用趙元任先生的「五度標調法」，四聲的調號爲：

	第一聲	第二聲	第三聲	第四聲
	55	35	214	51
	（高平調）	（高升調）	（降升調）	（全降調）

yī	èr	sān	sì	wǔ
一	二	三	四	五
liù	qī	bā	jiǔ	shí
六	七	八	九	十

四聲念法

ā á ǎ à / ō ó ǒ ò / ē é ě è / ī í ǐ ì / ū ú ǔ ù / ǖ ǘ ǚ ǜ

wū wú wǔ wù
屋　無　五　物

Sū hú gǔ dù
蘇　胡　古　杜

Zhōng Tái Gǎng Ào
中　臺　港　澳

yī líng wǔ èr
一　零　五　二

tā lái wǒ qù
他　來　我　去

Yīng Dé Měi Rì
英　德　美　日

聲調符號的標寫口訣

(1) 一聲高高平又平，一
　　二聲就像上山坡。ノ
　　三聲下坡又上坡，∨
　　四聲就像下山坡。丶

(2) 有 a 不放過，
　　無 a 找 o、e。
　　iu、ui 標在後，
　　單字元音不用說。

bǎo	zuò	gěi	qiú	shuǐ
寶	作	給	求	水

piàn	chǒu	suí	xué	tuī
騙	醜	隨	學	推

四、聲符㈠

　　聲符是靠唇、齒、舌阻擋氣流的作用所發出來的聲音，它是子音。

雙唇音	**b(ㄅ)**	雙唇阻擋氣流，然後張開口，讓聲音快速出來。
	p(ㄆ)	雙唇阻擋氣流，然後張開口，讓聲音和強烈的氣流出來。
	m(ㄇ)	雙唇阻擋氣流，然後發鼻音m。
唇齒音	**f(ㄈ)**	上齒輕碰下唇，以阻擋氣流，再讓氣流由唇齒間擦出。
舌尖音	**d(ㄉ)**	舌尖在上齒後面阻擋氣流，然後張開使聲音出來。
	t(ㄊ)	舌尖輕碰上齒後面，以阻擋氣流，然後張開，讓聲音與強烈氣流同時出來。

舌尖音	**n**(ㄋ)	舌尖在上齒後面，張開時發出鼻音。
	l(ㄌ)	舌尖先阻擋氣流，再張嘴讓舌頭打平發出聲音。
舌根音	**g**(ㄍ)	舌根阻擋氣流，再使氣流通過發出聲音。
	k(ㄎ)	舌根擋住氣流，使氣流通過帶著強烈的氣流發出聲音。
	h(ㄏ)	舌根輕輕阻擋氣流，然後讓聲音擦出來。

b (ㄅ)

bǎo bèi
寶　貝

bāo zi
包　子

bà ba
爸　爸

bō luó 菠 蘿

Wǒ shì bà ba de hǎo bǎo bèi.
我　是　爸爸　的　好　寶　貝。

【說明】b 是雙唇阻，念它的時候要先把雙唇合起來，先阻擋氣流，等
　　　　氣流從肺部出來，經過喉頭，聲門大開，聲帶不顫動，不受
　　　　任何節制，氣流受雙唇阻擋，等下唇離開上唇，氣流破阻而
　　　　衝出，發出 b 的聲音來。

p (ㄆ)

pǎo bù
跑 步

pá shān
爬 山

pāi shǒu
拍 手

pàopao 泡泡

Hóng pú tao, lù pú tao, hóng lù pú tao dōu hǎo chī.
　紅 葡 萄，綠 葡 萄，紅 綠 葡 萄 都 好 吃。

【說明】p 是雙唇阻，讀它的時候要先閉上雙唇，再張開發聲，聲音
　　　 出來時，同時有很強的氣噴出來，為了正確讀它，可以拿一
　　　 張薄紙放在嘴前，然後再試著念，紙如果會動就表示發聲
　　　 正確。因為 p 是送氣的聲符，可以使薄紙飄動，才是正確念
　　　 法。

m (ㄇ)

mù mǎ 木 馬   **mù tou** 木 頭   **mì fēng** 蜜 蜂

shù mù 樹木

Mèi mei xǐ huān qí mù mǎ.
妹 妹 喜 歡 騎 木 馬。

【說明】m 是鼻音，發音時先把嘴唇閉上，開始發音時先發出鼻音，
再張口發出 m 的聲音。

f (ㄈ)

fēi jī
飛 機

fǎ jiá
髮 夾

fó
佛

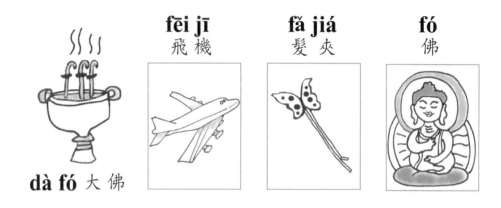

dà fó 大 佛

Bó bo fā cái mǎi xīn fáng.
伯 伯 發 財 買 新 房。

【說明】f 是唇齒阻，就是用上齒輕咬下唇，先阻擋氣流，然後念出 fe
的聲音。拼音時則直接上齒碰觸下唇，再與韻符拼音即可把 f
的音發出來。

d (ㄉ)

lǜ dòu yá
綠　豆　芽

dí zi
笛　子

dāo zi
刀　子

dài shǔ
袋　鼠

Dì di tī qiú zhēn hǎo wán.
弟弟踢球　眞　好　玩。

【說明】d是舌尖阻，就是用舌尖阻擋氣流，然後張開嘴發出聲音。

t (ㄊ)

tián 田

tī zi
梯子

tái dēng
臺燈

tú huà
圖畫

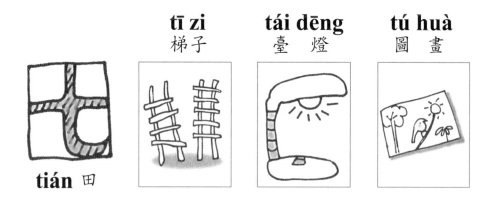

Tài yáng gāo gāo zhào dà dì, zhào chū měi lì hǎo tiān dì.
太 陽 高 高 照 大地，照 出 美 麗 好 天地。

【說明】t 是舌尖阻，念的時候也會有很強的氣流從口裡出來，可以用
薄紙放在唇前試驗，就可以感受到氣流的振動了。

ㄇ (ㄋ)

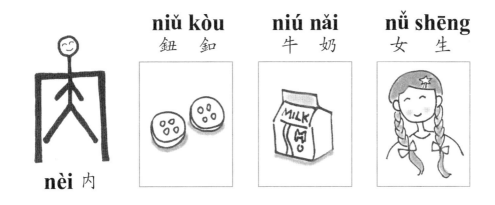

niǔ kòu
鈕 釦

niú nǎi
牛 奶

nǔ shēng
女 生

nèi 內

Nǎi nai ài niǔ yāo, niǔ yāo shēn tǐ hǎo.
奶 奶 愛 扭 腰，扭 腰 身 體 好。

【說明】n是舌尖阻，它是鼻音，發音時舌尖放在牙齒後面，開始要發
音時先發出鼻音，再把舌頭縮起發 n 的聲音。

丨 (ㄌ)

lā liàn 拉鏈

lóu tī
樓 梯

huā lù
花 鹿

luó bo
蘿 蔔

Huā lù yòn pǎo yòu tiào duó kùài lè.
花 鹿 又 跑 又 跳 多 快 樂。

【說明】1 是舌尖阻，發音時舌尖在牙齒後面，但是舌接觸牙齒的面
積較大。1 的形狀像蘿蔔，又像一條拉鏈，筆直的就像 1 的字
形。看圖以加深對字形的印象。

g (ㄍ)

gōu zi 鉤子

gǒu	**gǔ**	**dàn gāo**
狗	鼓	蛋 糕

Gē ge ài dǎ gǔ,　gǔ shēng dōng dōng xiǎng.
哥 哥 愛 打 鼓，鼓 聲　咚　咚　響。

【說明】g 是舌根阻，阻擋氣流的方式是：後舌面向上升起，跟軟顎接
　　　　觸而阻擋氣流。一股弱氣流從肺裡出來，經過喉頭，因為聲
　　　　門開，聲帶不顫動，氣流自然的通往口腔，但受阻於舌面後
　　　　而停滯。等到舌面後部向下離開軟顎，氣流就破阻而出，這
　　　　時就產生 g 的聲音。

k (ㄎ)

kuí lěi 傀儡

kù zi
褲子

kǎ chē
卡車

kē dǒu
蝌蚪

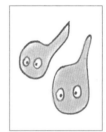

Dà gē ge, xiǎo dì di, chuān shàng hóng kù zhēn kě ài.
大哥哥，小弟弟，穿　上　紅褲眞可愛。

【說明】① k 是舌根阻，發音時舌面向上升起，觸及軟顎處而阻擋氣流，然後當一股氣流從肺裡出來，經過喉頭，氣流自然的進入口腔，由於受到舌根軟顎而停滯，等到氣流衝破舌根的阻擋，氣流急速衝出，k 是送氣的聲符，就是發音時有很強的氣流出現。

② g、k 都是舌根阻的發音方法，而且同是塞音，它們不同的是 g 發出聲音時，由舌根阻擋氣流，然後從口腔出來，舌根離開上顎而出聲。k 則是舌根阻擋氣流，口腔張開時，有一股強的氣流衝出，產生送氣的現象，所以兩個符號的差異就在一個送氣，一個不送氣。

h (ㄏ)

hé huā
荷 花

hú dié
蝴 蝶

hóu zi
猴 子

bái hè 白 鶴

Chí táng li, hé huā hóng yòu hóng.
池 塘 裡，荷 花 紅 又 紅。

【說明】h 是舌根阻，發音時舌面向上升起，跟軟顎偏後部接近，留下
一條窄縫，氣流從肺裡出來，經過喉頭，因為聲門大開，聲
帶不顫動，氣流自由的通往口腔，從舌根後的軟顎所形成的
中間擦出就產生了 h 的聲音。

◆拼音練習

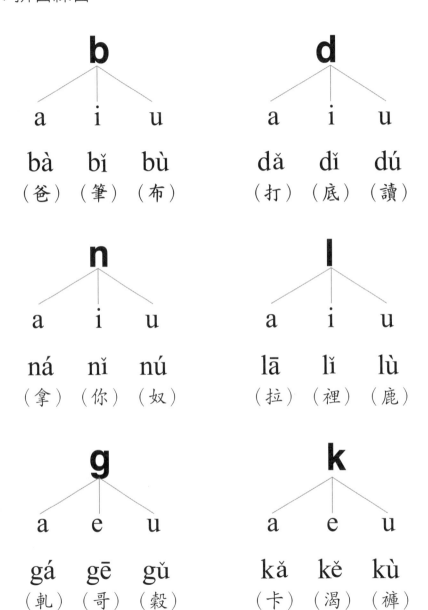

b

a   i   u

bà bǐ bù
（爸）（筆）（布）

d

a   i   u

dǎ dǐ dú
（打）（底）（讀）

n

a   i   u

ná nǐ nú
（拿）（你）（奴）

l

a   i   u

lā lǐ lù
（拉）（裡）（鹿）

g

a   e   u

gá gē gǔ
（軋）（哥）（穀）

k

a   e   u

kǎ kě kù
（卡）（渴）（褲）

五、複韻符

複韻符是兩個單韻符拼合而成的，也稱為二合韻母。

ai(ㄞ)	先張嘴發 a 的聲音，再齊齒把嘴呈扁平發 i 的聲音。
ei(ㄟ)	先發 e 的聲音，再把嘴合成扁平發 i 的聲音。
ao(ㄠ)	先發 a 呈開口狀，再收口向 o 的方向念出來，a 的聲音重，而 o 的聲音輕。
ou(ㄡ)	先口腔呈圓狀發出 o 的聲音，再收口成合口狀發出 u 的聲音。
ui(ㄨㄟ)	ui 跟 wei 的發音完全一樣，只是寫法不同。發音時以單韻母 u 始而以 ei 結束。拼寫時前有聲母合拼可省略 e。如果前面沒有聲母合拼，則變 u 為 w。
iu(ㄧㄡ)	iu 跟 you 的發音完全一樣，只是寫法不同。發音時以單韻母 i 始而以 ou 結束，拼寫時前有聲母合拼可省略 o。如果在前面沒有聲母，則變 i 為 y。

ai (ㄞ)

tài yáng 太　陽	**ài xīn** 愛　心	**gāo ǎi** 高　矮	**nǎi nai** 奶　奶

Nǎi nai zài jiā ma?　Bú zài, bú zài, qù mǎi cài.
奶　奶　在　家　嗎？　不　在，不　在，去　買　菜。

【說明】念 ai 時要與 ia 分辨清楚不可混淆，ai 先開口念 a 再滑下，口
　　　　腔變小，口形變扁念出 i 的聲音。ai 單獨拼音時不需要改變符
　　　　號，如：愛（ài）、矮（ǎi）、哀（āi）。

ei (ㄟ)

bèi bào
背 包

fēi jī
飛 機

hēi bái
黑 白

mèi mei
妹 妹

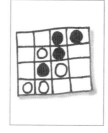

Mèi mei lèi le　bēi tā huí jiā shuì yí shuì.
妹　妹 累 了，背 她 回 家 睡 一 睡。

【說明】ei 是複韻符，它是從 e 念到 i，口形由略開到扁平，它沒有單
　　　　獨拼音的字，它需要與聲符拼音，才有字音。

ao (ㄠ)

taó zi	**diào yú**	**niǎo**	**mián ǎo**
桃 子	釣 魚	鳥	棉 襖

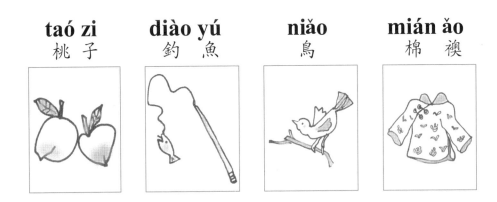

Hóng mián ǎo, lǜ mián ǎo, piào liàng mián ǎo rén rén yào.

紅　棉　襖，綠　棉　襖，漂　亮　棉　襖人人要。

【說明】ao 是複韻符，由兩個單韻符合成的，念的時候先張口念 a，
再把口腔變小、變圓、變 o 的聲音，收尾時口越小，則有 u
的聲音，才更標準。

ou (ㄡ)

wéi dōu	hǎi ōu	yóu yǒng	dòu yá
圍 兜	海 鷗	游 泳	豆 芽

Wǒ jiā liù shū hàn liù jiù zhòng guā zhòng dòu yǒu yì shǒu.
我 家 六 叔 和 六 舅 種 瓜 種 豆 有 一 手。

【說明】ou 是複韻符，由 o 和 u 結合，念時 o 的音要重一點，然後由
　　　　開口到合口，念出 u 的聲音，快讀則成 ou。單獨拼音時不需
　　　　要在前面加任何符號。如：鷗（ōu）、偶（ǒu）、嘔（ǒu）。

◆拼音練習

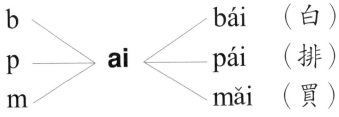

b
p ⟩ **ai** ⟨ bái （白）
m   pái （排）
              mǎi （買）

b
p
m ⟩ **ei** ⟨ bèi （背）
f   pèi （配）
              měi （美）
              fēi （飛）

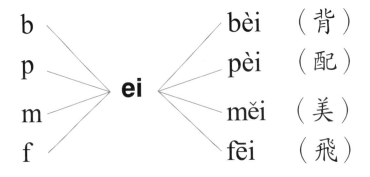

g
k ⟩ **ao** ⟨ gāo （高）
h   kǎo （考）
              hǎo （好）

g
k ⟩ **ou** ⟨ gǒu （狗）
h   kǒu （口）
              hóu （猴）

六、i、u、ü 的結合韻

　　i、u、ü 又稱爲介音，它可以和單韻符拼音成爲結合韻，念這組音時，口腔、口形都要改變。

i	**ie** (ㄧㄝ)	先念 i 再把口略張開讀出 e 的音。
	ia (ㄧㄚ)	由齊齒的 i 再轉成開口 a，結合成 ia 的音。
	iu (ㄧㄡ)	口形由齊齒到合口，快速的將二個音變成一個音。
	iao (ㄧㄠ)	這是三個單韻符的結合韻，由齊齒到開口 a 再合口，快速成一個音。
u	**uo** (ㄨㄛ)	口腔由合口的 u 再張大發 o 的聲音。
	ua (ㄨㄚ)	口腔由合口的 u 再張大口發 a 的聲音。
	ui (ㄨㄟ)	口形由合口 u 再把嘴變扁發出齊齒的 i，快速而流利的念出一個音。
	uai (ㄨㄞ)	這是三個單韻符的結合發音，由合口的 u 再張大口發出 a 的聲音，然後快速收在 i 的聲音上。
ü	**üe** (ㄩㄝ)	口形由撮口的 ü 再略張口發 e 的音，快速滑動而念出一個音。

ie / ye (ㄧㄝ)

yé zi
椰子

yè zi
葉子

jiě jie
姐姐

yì piě
一撇

Yé ye ài hē yé zi shuǐ, jiě jie yě ài hē yé zi shuǐ.
爺爺愛喝椰子水，姐姐也愛喝椰子水。

【說明】① ie 在單獨拼音時寫成 ye，也就是把字首的 i 改成 y，如：
葉（yè）、爺（yé）、耶（yē）。

② ie 只和 j、q、x 合拼，如：姐（jiě）、且（qiě）、鞋
（xié）。

ia / ya （丫）

yá	yā zi	jiā	xiā
牙	鴨子	家	蝦

Yā mā ma dài zhe xiǎo yā hé li wán.
鴨 媽 媽 帶 著 小 鴨河裡玩。

【說明】①念 ia 口形由扁而開，它與聲符拼音時，寫成 ia，如：家
（jia），可是當它單獨念時，要把 ia 改成 ya，用 y 替代
i，如：鴨子（yā zi）、牙（yá）、啞（yǎ）。

②ia 是帶 i 的結合韻符，基本上它只和 j、q、x 拼音，不能
和其他聲母拼音。

iu / you （ㄡ）

yòu shǒu	yóu yǒng	qiū tiān	qiú
右　手	游　泳	秋　天	球

Hǎo liù shū, hǎo liù jiù, jiè wǒ liù dǒu liù shēng hǎo lǜ dòu,
好 六 叔，好 六 舅，借 我 六 斗 六 升 好 綠 豆，
dào le qiū, shōu le dòu, zài huán liù shū liù jiù hǎo lǜ dòu.
到 了 秋，收 了 豆，再 還 六 叔 六 舅 好 綠 豆。

【說明】①iu 是帶 i 的結合韻，念時由 i 快速滑到 u，口形要改變。
②iu 和聲母拼音時，保持原狀，如：修（xiū）、舅（jiù），
但是單獨拼音時有很大的改變，要寫成 you，如：有
（yǒu）、又（yòu）、憂（yōu）。

uo / wo (ㄨㄛ)

wō	guō	shuō huà	píng guǒ
窩	鍋	説 話	蘋 果

Jiě jie guó yǔ shuō de hǎo.
姐 姐 國 語 説 得 好。

【說明】① 讀 uo 時要注意口形，由合口開始，然後口腔變圓，讀的時
候要先讀 u，再讀 o，但是不可讀一個音再讀一個音，而
是把兩個音連起來讀，也就是讀了 u 氣不要斷，接著讀
o，就會變成 uo 的聲音。

② 單獨用 uo 拼音時，要把 u 改成 w，寫成 wo，例如：我
（wǒ）、窩（wō）、握（wò）。

③ 當 uo 的前面加上聲符時，標音是 uo，如：鍋（guō）、多
（duō）、鑼（luó）等。

ua / wa （ㄨㄚ）

wǎ piàn 瓦 片	**wá wa** 娃 娃	**huā** 花	**guā niú** 蝸 牛

Wā hǎo ní tǔ hǎo zhuòng huā.
挖 好 泥 土 好 　 種 　 花。

【說明】①ua 是複韻符，發音時先發 u 再發 a→ua。

②ua 標注單獨字音時，要把 u 改寫成 w，注音時寫成 wa，
如：娃娃（wá wa）、青蛙（qīng wā）。

③ua 符號前有聲母時，則注成 ua，如：抓（zhuā）、花
（huā）、刷（shuā）。

ui / wei (ㄨㄟ)

wéi qiáng
圍　牆

wèi zi
位子

chuī
吹

chuí zi
槌子

Dì di zài wéi qiáng wài chuī lǎ bā.
弟弟在　圍　牆　外　吹　喇叭。

【說明】①ui 是由合口的 u 開始，快速改變口形成齊齒 i 的聲音。

②ui 與聲母拼音寫成 ui，如：堆（duī）、推（tuī）、追
（zhuī）。

③ui 單獨拼音時，則寫成 wei，如：危（wéi）、位（wèi）、
偉（wěi）。

üe / yue （ㄩㄝ）

yuè liàng	xué shēng	xià xuě	xūē zi
月 亮	學 生	下 雪	靴 子

Yuè liàng zài tiān shang, chū yī shí wǔ bù yí yàng.
月　亮　在　天　上，初一十五不一樣。

【說明】①üe 單獨注音時，前面要加半母音 y，寫成 yue（u 上的兩點
　　　　省略），如：月（yuè）、約（yuē）。

　　　　②üe 前面有聲符時則寫成 üe，與 j、q、x 拼音時，也省略上
　　　　面兩點，如：學（xué）、雪（xuě）、倔（juè）。

uai / wai （ㄨㄞ）

kuài zi	**wāi**	**kuài**	**huài**
筷 子	歪	快	壞

Yǐ zi bǎi zhèng mò bǎi wāi, wài pó kàn le cái xǐ huān.
椅子擺　正　莫擺歪，外婆看了才喜　歡。

【說明】① uai 是三個韻母的結合，拼音時，把聲符直接加在前面。
　　　　　如：甩（shuǎi）、壞（huài）、塊（kuài）。
　　　　② uai 單獨拼音時，則 u 寫成 w 成 wai，如：歪（wāi）、外
　　　　　（wài）。

iao / yao （ㄠ）

yāo
腰

yào wán
藥　丸

miào
廟

tiào
跳

Yòu niǔ yāo yòu tiào wǔ, shēn tǐ jiàn kāng bù chī yào.
又　扭　腰　又　跳　舞，身　體　健　康　不　吃　藥。

【說明】① iao 是三個韻母的結合，與聲母拼音直接把聲符寫在前面，
如：廟（miào）、鳥（niǎo）、跳（tiào）。

② iao 單獨拼音時寫成 yao，把 i 改成 y，如：腰（yāo）、要
（yào）、搖（yáo）。

七、聲符㈡

　　j、q、x 是舌面音，它用了比較特別的符號，與英語發音相差較遠，學習上較困難，要透過練習，加強對它的認識。

舌面音	**j**(ㄐ)	舌面阻擋氣流，再讓聲音擠出來。
	q(ㄑ)	舌面阻擋氣流，再帶著強烈的氣流發出聲音。
	x(ㄒ)	舌面阻擋氣流，再讓聲音通過舌面擦出來。

j (ㄐ)

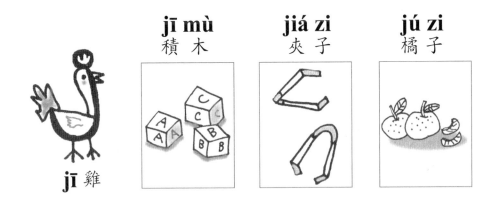

jī mù
積 木

jiá zi
夾 子

jú zi
橘 子

jī 雞

Jī mù jī mù zhēn yǒu qù,　pái chū tú àn zhēn dé yì.
積 木 積 木 眞 有 趣，排 出 圖案 眞 得意。

【說明】j 是用舌面阻擋氣流，念的時候舌面向上升起，接觸前硬顎
而成阻力，這時一股氣流從肺裡出來，經過喉頭，自由的進
入口腔，受到前舌面和前硬顎的阻塞而停滯。等到舌面離開
時，氣流經過阻塞而擦出聲音來，這個聲就是「ji」。

q（ㄑ）

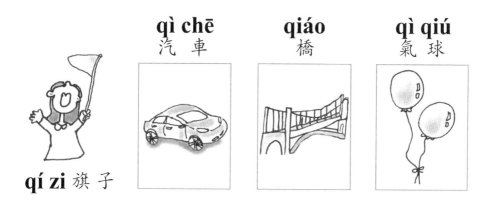

qì chē
汽 車

qiáo
橋

qì qiú
氣 球

qí zi 旗 子

Xiǎo jiě jie bié shēng qì, kāi kai wán xiào méi guān xi.
　小　姐姐別　生　氣，開　開　玩　笑　沒　　關　係。

【說明】q 是用舌面阻擋氣流，念的時候舌面向上升起，接觸前硬顎
　　　　而成阻力，這時一股氣流從肺裡出來，經過喉頭，自由的進
　　　　入口腔，受到舌面前和前硬顎的阻塞而停滯。等到舌面離開
　　　　時，一股強烈的氣流從小縫出聲音，這個送氣的塞擦聲就是
　　　　「qi」。

X (ㄒ)

xī guā
西 瓜

xiě zì
寫字

xié zi
鞋子

xià miàn 下面

Xiǎomíng xǐ huān xiǎo xīng xing, zuò zài yáng tái shǔ
　小　明　喜　歡　小　星　星，坐　在　陽　臺　數
xīng xing.
　星　星。

【說明】x 是用舌面阻擋氣流，念的時候舌面向上升起，接觸前硬顎而
　　　　成阻力，這時一股氣流從肺裡出來，經過口腔，受到舌面前
　　　　和前硬顎的阻塞而停滯。等到舌面離開時，分開一個小縫，
　　　　氣流從這個小縫摩擦而出聲音，這個聲就是「xi」。

八、聲符㈢

舌尖後音（翹舌音）	**zh**（ㄓ）	翹舌音，舌尖往後翹，這是華語裡特有的聲音。
	ch（ㄔ）	舌尖往後阻擋氣流，發音時帶著強烈氣流。
	sh（ㄕ）	舌尖往後阻擋氣流，發音時以塞擦音流出。
	r（ㄖ）	舌尖往後阻擋氣流，是擦音也是聲帶顫動的濁音。
舌尖前音（不翹舌）	**z**（ㄗ）	舌尖在齒後，聲音從舌齒中擦出。
	c（ㄘ）	舌尖在齒後，聲音從齒舌中流出，發聲時，帶有強烈氣流。
	s（ㄙ）	舌尖抵在齒後，聲音從齒舌中擦出。

zh (ㄓ)

zhōng	zhī zhū	zhēn zhū	zhú zi
鐘	蜘 蛛	珍 珠	竹 子

Zhēn zhū yuán yuán zhēn piào liang.
珍 珠 圓 圓 眞 漂 亮。

【說明】① zh 是翹舌音，翹舌音在念讀時只有把舌頭往後翹起即可，
　　　　不需要把舌頭捲起來，它是舌尖後阻的發音方法，念時注
　　　　意到口形，可以使它發音更好。

　　　② zh 單獨發音時，要在後面加 i 寫成 zhi，如：知（zhī）、指
　　　　（zhǐ），但是 zh 和韻符拼音時，則不加 i，直接由 zh 和
　　　　韻符相拼，如：珠（zhū）、張（zhāng）、站（zhàn）。

ch （ㄔ）

chē 車	**chā zi** 叉 子	**chá bāo** 茶 包	**chàng gē** 唱 歌

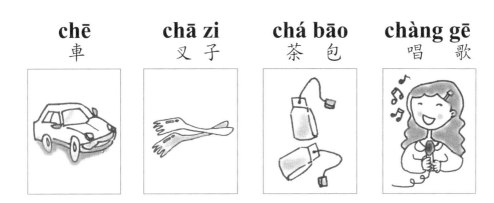

Xiǎo chǒu ài hē chá, hóng chá lǜ chá dōu bù chā.
小　丑愛喝茶，紅　茶綠茶都不差。

【說明】① ch 是翹舌音，也是舌尖後阻的發音方法，讀的時候要先把
舌頭往舌後翹起。ch 和 zh 的不同在 ch 發音要有強烈的氣
流，也就是要送氣。

② ch 單獨拼音時，在後面加 i 寫成 chi，如：尺（chǐ）、吃
（chī）。ch 和韻符拼音時，則不加 i，如：車（chē）、長
（cháng）。

sh （ㄕ）

shé
蛇

shī zi
獅子

shù
樹

shí tou
石頭

Xiǎo lǎo shǔ shàng dēng tái, tōu yóu chī xià bù lái, jī lī
　小　老　鼠　上　　燈　臺，偷　油　吃　下　不　來，吱哩
gū lū gǔn xià lái.
咕嚕　滾　下　來。

【說明】sh 是舌尖後阻的發音方式，也是翹舌音，讀的時候要先把舌
頭往上顎翹起，用舌尖阻擋氣流，然後念出來。
sh 是單獨拼音時，要在後面加 i 寫成 shi，如：獅（shī）、
是（shì）、石（shí）。sh 和韻符拼音時則不加 i，如：樹
（shù）、沙（shā）、少（shǎo）。

r（ㄖ）

rì lì	**rén**	**rǔ niú**	**rè**
日曆	人	乳牛	熱

Rì lì rì lì guà qiáng bì, sī qù yì zhāng guò yí rì.
日曆日曆掛　牆壁，撕去一　張　過一日。

【說明】r 是舌尖後阻的翹舌音，單獨拼音時要加 i，寫成 ri，如：
　　　　日（rì）。與韻符拼時，則不需要，如：入（rù）、肉
　　　　（ròu）、熱（rè），這個音不容易發音，要多做練習。

Z (ㄗ)

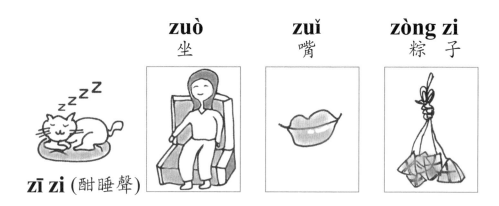

zuò
坐

zuǐ
嘴

zòng zi
粽子

zī zi（酣睡聲）

Xiǎo māo shuì de xiāng zī zi.
小　貓　睡　得　香　滋滋。

【說明】z 是由舌尖前阻擋氣流的發音方法。念的時候舌尖向前平伸，
　　　　抵住上下齒背，氣流受到阻擋而停滯，等舌尖向下移時，氣
　　　　流從窄縫中摩擦而出，就產生了塞擦音 z 的聲音。
　　　　z 單獨拼音時要加 i，寫成 zi，如：資（zī）、自（zì）、子
　　　　（zi）。
　　　　z 和韻符拼音時則不加 i，直接加韻符，如：做（zuò）、早
　　　　（zǎo）、嘴（zuǐ）。

C (ㄘ)

cǎo méi
草　莓

bái cài
白　菜

cǎi hóng
彩　虹

cí 磁

Chī bō cài chī bái cài, duō chī qīng cài shēn tǐ hǎo.
吃　菠菜 吃　白菜，多　吃　青菜　身體　好。

【說明】c 是舌尖前阻的發音方法。念時舌尖前抵住上下齒背，當氣
　　　　流出來進入口腔，受到舌尖和牙齒的阻擋，等舌尖向下移開
　　　　時，氣流從窄縫中摩擦而出，就產生了塞擦音 c 的聲音。
　　　　c 單獨拼音時要加 i 寫成 ci，如：次（cì）、磁（cí）。
　　　　c 和韻符拼時，則不加 i 直接加韻符，如：草（cǎo）、蒼
　　　　（cāng）、炊（cuī）。

S (ㄙ)

sǎo dì
掃 地

sào bǎ
掃 把

mén suǒ
門 鎖

Sī si (嘶 聲)

Sǎo sao yòng sào bǎ sǎo dì.
嫂 嫂 用 掃 把掃地。

【說明】s 是舌尖前阻的發音方法，念時舌尖前抵住上下齒背，當氣流
從肺裡出來，經過口腔，受到阻擋而停滯，等舌尖向下移開
時，氣流從窄縫中摩擦而出，就產生了擦音 s 的聲音。
s 單獨發音時要加 i，寫成 si，如：撕（sī）、四（sì）。
s 與韻符拼時則不加 i，直接加韻符，例如：掃（sǎo）、三
（sān）、色（sè）。

九、鼻韻符

(一)前鼻韻符：收音在前鼻腔，以 n 為收音。

an (ㄢ)	聲音由開口 a 再收鼻音 n，口形由開而合。
en (ㄣ)	口形由扁平發 e 的聲音，再快速收口在鼻音 n。
in／yin (ㄧㄣ)	先念 i，再舌尖抵上顎收前鼻音 n。
ün／yun (ㄩㄣ)	由合口 ü，再快速收前鼻音 n。

an (ㄢ)

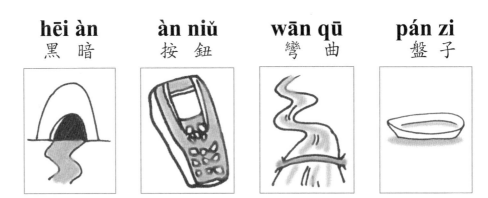

hēi àn	àn niǔ	wān qū	pán zi
黑暗	按鈕	彎曲	盤子

Qiān gēn xiàn, wàn gēn xiàn, luò dào hé li dōu bú jiàn.
千　根　線，萬　根　線，落　到　河裡　都　不　見。

【說明】an 是收前鼻音的韻符，先發 a 再收音在前鼻音 n 上，口腔由開而合，最後舌頭碰著上顎。

　　單拼時直接寫 an，如：暗（àn）、俺（ǎn）、安（ān）。

en (ㄣ)

běn zi	**mén**	**pén**	**zhēn**
本子	門	盆	針

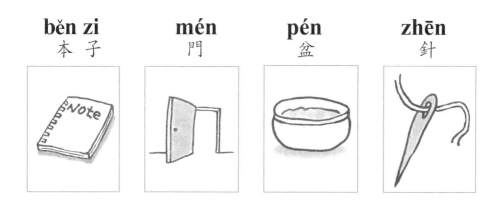

Wǎn bǐ pán shēn, pán bǐ dié shēn.
碗 比 盤 深，盤 比 碟 深。

【說明】en 是前鼻韻符，注意舌位的變化，舌位由低而高，聲音由 e
　　　　快速滑到鼻音，發出一個音來，口腔則由略開而合，雙唇不
　　　　可以閉起來。

in / yin （ㄣ）

jīn yú	qín	pīn tú	píng guǒ
金魚	琴	拼圖	蘋果

  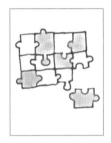 

Jīn yín cái bǎo bù rú yí jì zài shēn.
金 銀 財 寶 不 如 一 技 在 　身 。

【說明】發音時，從 i 迅速滑到舌尖，舌尖與上顎相碰，收尾在前鼻
音 n 上，音量由大變小。主要注意舌位的變化，舌位由下而
上，最後舌尖碰在上顎。

in 單獨拼音時，前面要加 y 寫成 yin，如：音（yīn）、印
（yìn）。

in 與聲符拼時，直接加聲符在前面，如：金（jīn）、林
（lín）、定（dìng）。

ün / yun （ㄩㄣ）

qún zi	yùn dòng	bái yún	jūn rén
裙子	運動	白雲	軍人

Wū yún mǎn tiān kōng, léi shēng hōng lóng lóng.

烏雲滿天空，雷聲轟隆隆。

【說明】發音時，從撮口 ü，迅速將舌位由下往上滑，舌尖碰觸上顎，
　　　　變成鼻音 n 連成一個音，音量由大變小。

　　　　ün 單獨拼音前面加 y，而且 ü 上的兩點省略成 yun，如：雲
　　　　（yún）、暈（yūn）、運（yùn）。

　　　　ün 和 j、q、x 拼時，ü 上的兩點也可以省略，如：均
　　　　（jun）、裙（qún）、遜（xùn）。

(二)後鼻韻符：收音在後鼻腔，以 ng 爲收音。

ang（ㄤ）	先發 a，再收在 ng 後鼻韻上。
eng（ㄥ）	先發 e，再收尾在 ng 後鼻韻上。
ing（ㄧㄥ）	口形扁平發 i 音，再收在 ng 後鼻音上。
ong（ㄨㄥ）	先圓唇，念 o 再收在 ng 後鼻音上。

ang (尢)

qiáng	yáng táo	fāng táng	gāng
牆	楊 桃	方 糖	缸

Āng zāng de xiǎo zhū méi péng yǒu.
骯 髒 的 小 豬 沒 朋 友 。

【說明】發音時，由 a 開口迅速把口腔變小，然後收尾在後鼻音 ng
上，聲音由大慢慢變小。

ang 可以單獨發音如：骯（āng）、昂（áng）。可以與聲符
拼，如：長（cháng）、擋（dǎng）、缸（gāng）。

eng (ㄥ)

mì fēng	diàn dēng	fēng zhēng	dèng zi
蜜　蜂	電　燈	風　箏	凳　子

Fēng zhēng fēi shàng tiān, suí fēng piāo yáo duō lā fēng.
風　箏　飛　上　天，隨　風　飄　搖　多　拉　風。

【說明】發音時，由 e 迅速滑到舌根 g 收鼻音，重音在 e，ng 的聲音
　　　　較輕。口腔微開，收音時，口腔略爲收起即可。
　　　　eng 不可單獨拼音。除了 j、q、x，它可以和任何的聲符拼
　　　　音。

ing / yīng（ㄥ）

yǐng zi	lǎo yīng	bīng qí lín	jīng yú
影 子	老 鷹	冰 淇 淋	鯨 魚

Jīng yú yǎng zài dà hǎi li,　jīn yú yǎng zài yú gāng li.
鯨　魚　養　在大海裡，金魚　養　在魚　缸　裡。

【說明】① ing 發音時，由 i 到 ng，舌位停在下顎，口形略開，音量
　　　　由大而小。

② ing 單獨拼音時，要在 i 前面加上 y 成 ying，如：贏
　　　（yíng）、鷹（yīng）等。

ong (ㄨㄥ)

nóng rén	shuǐ tǒng	lóng	chóng
農 人	水 桶	龍	蟲

【說明】ong 發音時，由「o」滑到「ng」，口腔由開而合，舌位都在
下面，不可與上顎相碰，收後鼻音。

ong 不能單獨拼音，注音的 ㄨㄥ 在漢語拼音裡是寫成 weng，
是 w 加 eng，如：翁（wēng）、甕（wèng），ong 只當結合
韻符 ㄨㄥ 直接和聲符拼音。

十、i、u、ü 與鼻韻母的結合韻

i (ㄧ)	**ian/yan** (ㄧㄢ)	i 和 an 的結合韻，收前鼻音。
	iang/yang (ㄧㅤㄤ)	i 和 ang 的結合韻，收後鼻音。
	iong/yong (ㄩㄥ)	i 和 ong 的結合韻，收後鼻音。
u (ㄨ)	**uan/wan** (ㄨㄢ)	u 和 an 的結合韻。
	un/wen (ㄨㄣ)	念 u 再收鼻音 n。
	uang/wang (ㄨㅤㄤ)	u 和 ang 的結合韻。
ü (ㄩ)	**ün** (ㄩㄣ)	先發 ü 音再收在鼻音 n 上。
	üan/yuan (ㄩㄢ)	ü 和 an 的結合韻。

ian / yan （ㄢ）

xiāng yān	qián	jiǎn dāo	yǎn
香　　菸	錢	剪　刀	眼

Yí kuài qián. liǎng kuài qián, diū jìn pū mǎn biàn dà qián.
一　塊　錢，　兩　　塊　　錢，丟　進　撲　滿　變　大　錢。

【說明】ian 是 i 和 an 的結合，由 i 迅速開口，再很快的滑到舌尖，收
鼻音 n，音量由小變大，再變小。因為 a 屬中低之音，不需要
張很大的口，讀起來聲音像 / ien / 的聲音。

ian 單獨拼音時，i 要改成 y，寫成 yan，如：燕（yàn）、煙
（yān）、眼（yǎn）。

ian 與聲符拼音時，直接將聲符寫在前面，如：尖（jiān）、
天（tiān）、電（diàn）。

iang / yang (ㄧㄤ)

jiǎng 槳	qiāng 槍	yáng 羊	tài yáng 太　陽
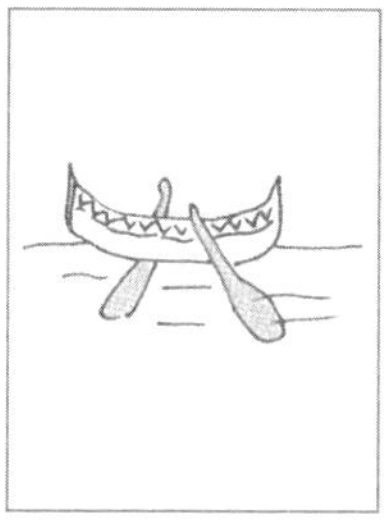	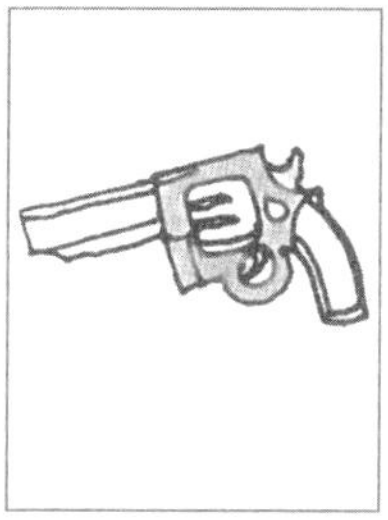	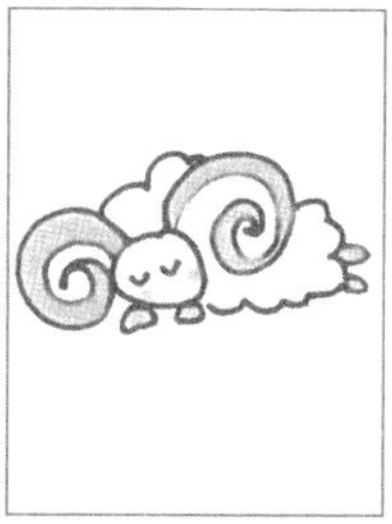	

Guó wáng ài piào liang, chuān shàng xīn yī qù liàng xiàng.
國　王　愛　漂　亮，　穿　上　新　衣　去　亮　相。

【說明】①iang 的發音由口形扁平的 i 再迅速張開發 a 的聲音，然後收在後鼻音 ng 上。音量由小變大再變小。

②iang 單獨拼音時要把 i 改成 y，寫成yang，如：羊（yáng）、養（yǎng）、樣（yàng）。

③iang 與聲符合拼時，則聲符直接寫在前面，如：醬（jiàng）、香（xiāng）、娘（niáng）。

iong / yong (ㄩㄥ)

xiōng jī
胸 肌

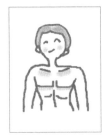

xióng
熊

yóu yǒng
游 泳

qióng rén
窮 人

Dà xióng ài yóu yǒng, māo xióng pà xià yǔ.
大 熊 愛 游 泳，貓 熊 怕 下 雨。

【說明】①iong 是 i 和 ong 的結合，發音時由齊齒的 i 到開口 o，然
後收在後鼻音 ng 上，它只可以和 j、q、x 拼音，如：窘
（jiǒng）、窮（qióng）、兇（xiōng），不可以和其他聲
母合拼。

②iong 單獨拼音時，則把 i 改成 y，如：勇（yǒng）、用
（yòng）。

③在注音符號 iong 是 ㄩㄥ，發的是撮口呼，但漢語拼音則由
i 開頭，其中稍有差別。

uan / wan (ㄨㄢ)

zhuān	nuǎn	chuán	suàn
磚	暖	船	蒜

Yuè liàng wān wān xiàng xiǎo chuán
月 亮 彎 彎 像 小 船。

【說明】①uan 是 u 和 an 的結合，發音由合口再張開口，然後收到前
鼻音，並且舌尖往上顎碰觸。

②uan 單獨拼音時，u 要改成 w，寫成 wan，如：彎
（wān）、萬（wàn）、玩（wán）。

③uan 與聲符拼音時，直接把聲符寫在前面，如：轉
（zhuàn）、團（tuán）、穿（chuān）。

un / wen (ㄨㄣ)

wēn dù jì 溫　度　計	**hún tun** 餛　飩	**lún chuán** 輪　船	**jié hūn** 結　婚

Xiǎo yù hěn wēn róu, zǒu lù màn tūn tūn.
小　玉　很　溫　柔，走　路　慢　吞　吞。

【說明】①un 是先發合口的 u，再收到鼻音 n 上。

②un 在注音符號裡寫成 ㄨㄣ。ㄣ的漢語拼音爲 en，所以 un 單獨拼音時，將 u 改成 w，寫成 wen，如：溫（wēn）、蚊（wén）、問（wèn）。

③u n 與聲符拼音時，直接把聲符寫在前面，如：蹲（dūn）、寸（cùn）、春（chūn）。

uang / wang (ㄨㄤ)

guó wáng
國　王

wǎng zi
網　子

mén kuāng
門　框

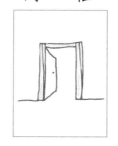

chuāng
窗

Huáng sè xiǎo gǒu wāng wāng jiào.
黃　色　小　狗　汪　汪　叫。

【說明】①uang 發音時由合口的 u 到開口的 a，然後再收到 ng 的後鼻
　　　　音，口形由合口到開口，聲音由小而大再小，重音在 ua。

　　　　②uang 單獨拼音時，u 改成 w，寫成 wang，如：汪
　　　　（wāng）、旺（wàng）、往（wǎng）。

　　　　③uang 與聲符拼音時，聲符直接寫在前面，如：黃
　　　　（huáng）、莊（zhuāng）、窗（chuāng）。

üan / yuan (ㄩㄢ)

shí yuán 十 元	yuán quān 圓 圈	yuán xíng 圓 形	quán tou 拳 頭
			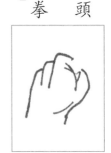

Yuè gū niang, yòu yuán yòu liàng rén rén ài.
月 姑 娘，又 圓 又 亮 人 人 愛。

【說明】① üan 發音時，先撮口發 ü 的聲音，再將舌位提高，舌尖與
上顎碰觸，收 n 的聲音，音量由大而小。

② üan 單獨拼音時，前面要加 y，ü 上的兩點可省略，如：院
（yuàn）、冤（yuān）、圓（yuán）。

③ üan 只可以加聲符 j、q、x，前面是聲符時，則直接合拼，
如：絹（juàn）、勸（quàn）、旋（xuán）。

十一、結合韻總表

	i	u	ü
a	ia	ua	
o		uo	
e	ie		üe (yue)
ai		uai	
ei		wei (ui)	
ao	iao		
ou	you (iu)		
an	(yan) ian	(wan) uan	(yuan) üan
en	(yin) in	(wen) un	(yun) ün
ang	(yang) ing	(wang) uang	
eng	(ying) ing		
ong	(yong) iong		

十二、特別的韻符

er (ㄦ)

ěr duo
耳　朵

yúr
魚兒

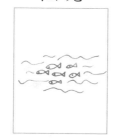

yì diǎnr
一　點兒

xiǎo háir
小　孩兒

【說明】①er 是捲舌韻母，念時要把舌頭往上顎捲起來，在漢字裡發 er 音的並不多，但是普通話裡，有兒化韻的語言變音現象，所以把韻尾兒化的情形很普遍。

②er 不可以和任何聲符拼音，也不可以和任何韻符結合，是個單獨存在的特殊韻符。

③er 單獨拼音寫成 er，如：耳（ěr）、兒（ér）、二（èr）。

④er 用在兒化韻時，e 則消失掉，只寫 r 即可，如：孩兒（háir）、鞋兒（xiér）、魚兒（yúr）。

附錄 1　音近形似的比對練習

zh ＞ i ＜ zhī（知）／ zī（資）

ch ＞ i ＜ chì（赤）／ cì（次）

sh ＞ ao ＜ shāo（燒）／ sāo（騷）

zh ＞ uo ＜ zhuō（捉）／ zuò（作）

ch ＞ u ＜ chū（出）／ cū（粗）

sh ＞ ui ＜ shuǐ（水）／ suí（隨）

zh ⟍
ch → **ui** ← zhuī（追）
sh ⟋ ＼ chuī（吹）
         shuǐ（水）

j ⟍
g → **iu** ← jiù（救）
x ⟋ ＼ qiú（求）
       xiū（休）

j ⟍
q → **ie** ← jiē（街）
x ⟋ ＼ qiē（切）
       xiē（些）

g ⟍
k → **en** ← gēn（根）
h ⟋ ＼ kěn（肯）
       hén（痕）

zh ⟍
ch → **ou** ← zhōu（周）
sh ⟋ ＼ chǒu（醜）
        shǒu（手）

z ⟍
c → **uo** ← zuò（坐）
s ⟋ ＼ cuò（錯）
       suǒ（鎖）

◆ 字音相近的比對練習

b vs d	bǎi 百 dài 代	bǎo 寶 dǎo 島
b vs p	bó 伯 pó 婆	bīng 兵 pīng 乒
p vs q	pí 脾 qì 氣	piàn 騙 qián 錢
g vs q	gǔ 古 qǔ 曲	gǔn 滾 qún 裙
t vs f	tān 攤 fàn 販	táng 糖 fāng 方

附錄2　漢語拼音方案

(1)字母表

A/a	B/b	C/c	D/d	E/e	F/f	G/g
ㄚ	ㄅ	ㄘ	ㄉ	ㄜ	ㄈ	ㄍ
H/h	I/i	J/j	K/k	L/l	M/m	N/n
ㄏ	ㄧ	ㄐ	ㄎ	ㄌ	ㄇ	ㄋ
O/o	P/p	Q/q	R/r	S/s	T/t	
ㄛ	ㄆ	ㄑ	ㄦ	ㄙ	ㄊ	
U/u	W/w	X/x	Y/y	Z/z		
ㄨ	ㄨ	ㄒ	ㄧ	ㄗ		

v 只用來拼寫外來語、少數民族語言和方言。字母的手寫體依
照拉丁字母的一般書寫習慣。

(2)聲母表

b	p	m	f		d	t	n	l
ㄅ玻	ㄆ坡	ㄇ摸	ㄈ佛		ㄉ得	ㄊ特	ㄋ訥	ㄌ勒
g	k	h			j	q	x	
ㄍ哥	ㄎ科	ㄏ喝			ㄐ基	ㄑ欺	ㄒ希	
zh	ch	sh	r		z	c	s	
ㄓ知	ㄔ蚩	ㄕ詩	ㄖ日		ㄗ資	ㄘ雌	ㄙ思	

(3) 韻母表

	i ㄧ　　衣	u ㄨ　　烏	ü ㄩ　　迂
a ㄚ　　啊	ia/ya ㄧㄚ　　呀	ua/wa ㄨㄚ　　蛙	
o ㄛ　　喔		uo/wo ㄨㄛ　　窩	
e ㄜ　　鵝	ie/ye ㄧㄝ　　耶		üe/yue ㄩㄝ　　約
ai ㄞ　　哀		uai ㄨㄞ　　歪	
ei ㄟ　　欸		ui/wei ㄨㄟ　　威	
ao ㄠ　　熬	iao/yao ㄧㄠ　　腰		
ou ㄡ　　歐	iu/you ㄧㄡ　　憂		
an ㄢ　　安	ian/yan ㄧㄢ　　煙	uan/wan ㄨㄢ　　彎	üan/yuan ㄩㄢ　　冤
en ㄣ　　恩	in/yin ㄧㄣ　　因	un/wen ㄨㄣ　　溫	ün/yun ㄩㄣ　　暈
ang ㄤ　　昂	iang/yang ㄧㄤ　　央	uang/wang ㄨㄤ　　汪	
eng ㄥ　亨的韻母	ing/ying ㄧㄥ　　英	weng ㄨㄥ　　翁	
ong (ㄨㄥ) 轟的韻母	iong/yong ㄩㄥ　　雍		

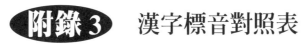

附錄3　漢字標音對照表

注音符號	注音符號第二式	漢語拼音	通用拼音
ㄅ	b	**b**	b
ㄆ	p	**p**	p
ㄇ	m	**m**	m
ㄈ	f	**f**	f
ㄉ	d	**d**	d
ㄊ	t	**t**	t
ㄋ	n	**n**	n
ㄌ	l	**l**	l
ㄍ	g	**g**	g
ㄎ	k	**k**	k
ㄏ	h	**h**	h
ㄐ	j(i)	**j**	ji
ㄑ	ch(i)	**q**	ci
ㄒ	sh(i)	**x**	si
ㄓ	j	**zh(i)**	jh/jhih
ㄔ	ch	**ch(i)**	ch/chih
ㄕ	sh	**sh(i)**	sh/shih
ㄖ	r	**r(i)**	r/rih

注音符號	注音符號第二式	漢語拼音	通用拼音
ㄗ	tz	z(i)	zih
ㄘ	ts	c(i)	cih
ㄙ	s	s(i)	sih
ㄚ	a	a	a
ㄛ	o	o	o
ㄜ	e	e	e
ㄝ	ê	ê	ê
ㄞ	ai	ai	ai
ㄟ	ei	ei	ei
ㄠ	au	ao	ao
ㄡ	ou	ou	ou
ㄢ	an	an	an
ㄣ	en	en	en
ㄤ	ang	ang	ang
ㄥ	eng	eng	eng
ㄦ	er	er	er
ㄧ	yi, i	yi, i	yi, i
ㄨ	wu, u	wu, u	wu, u
ㄩ	yu, iu	yu, ü	yu
ㄧㄚ	ia	ia	ia
ㄧㄛ	io	io	io

注音符號	注音符號第二式	漢語拼音	通用拼音
一ㄝ	ie	**ie**	ie
一ㄞ	iai	**iai**	yai
一ㄠ	iau	**iao**	iao
一ㄡ	iou	**iu**	iou
一ㄢ	ian	**ian**	ian
一ㄣ	in	**in**	in
一ㄤ	iang	**iang**	iang
一ㄥ	ing	**ing**	ing
ㄨㄚ	ua	**ua**	ua
ㄨㄛ	uo	**uo**	uo
ㄨㄞ	uai	**uai**	uai
ㄨㄟ	uei	**ui**	uei
ㄨㄢ	uan	**uan**	uan
ㄨㄣ	uen	**un**	un
ㄨㄤ	uang	**uang**	uang
ㄨㄥ	ung	**ong**	wong, ong
ㄩㄝ	iue	**üe**	yue
ㄩㄢ	iuan	**üan**	yuan
ㄩㄣ	iun	**ün**	yun
ㄩㄥ	iung	**iong**	yong

附錄4　變調練習

(1)輕聲

　　漢字每一個字都有一定的聲調，但是說話的語調，有些詞會變成一種又輕又短、聽起來不明顯的聲音，我們稱它爲「輕聲」。輕聲並不是一種獨立的聲調，而是從原來四種聲調變化而來的，它是一種輕而短的聲音。

　　輕聲可分爲下列幾種：

歸　類	舉　例
語氣詞	走吧　對嗎　我呢　來呀　是啊　看哪
助　詞	我的筆　跑得快　認眞地　摸了摸　等待著
詞　尾	我（你，他，它）們　同學們　桌子　椅子　肚子 瓶子　前（後）面　前（後）頭　怎麼　什麼 姑娘　衣裳　尾巴　事情　木頭　月亮　眉毛 朋友　眼睛
名詞重疊	謝謝　看看　處處　猩猩 爸爸　媽媽　爺爺　奶奶　哥哥　姐姐　娃娃
趨向動詞的 第二個音節	起來　出去　想出　放下　趕走　打開　轉過去 摸過來　掃起地來　打扮打扮
方位詞	樓上　樓下　屋裡　屋外　那邊
慣用詞	地方　一個　衣服

輕聲不標示任何調號，它與四聲配合的變調現象如下：

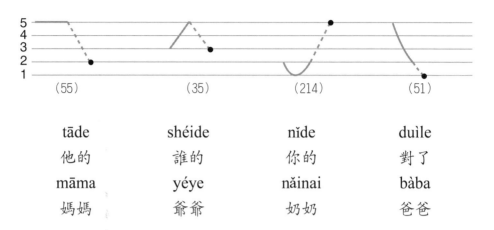

tāde	shéide	nǐde	duìle
他的	誰的	你的	對了
māma	yéye	nǎinai	bàba
媽媽	爺爺	奶奶	爸爸

⑵上聲（第三聲）的變化

　　當兩個上聲（第三聲）的字連讀時，第一個字要讀得像陽平（第二聲）。

　　如：很好 hěn hǎo → hén hǎo

　　　　打掃 dǎ sǎo → dá sǎo

　　　　勇敢 yǒng gǎn → yóng gǎn

　　　　美滿 měi mǎn → méi mǎn

(3)兒化韻

　　在標準華語中有一些詞（主要是名詞）帶著「兒」尾，如花兒、一點兒等，由於「兒」（-r）字附加在前一音節的韻母，使得那個韻母在讀音上有了變化，這種變化的韻母就稱爲「兒化韻」。兒化韻不是一個單獨的音節，發音時要把「兒」與前面的字讀成一個音。例如：花兒（huār），它的發音方法是先讀 huā，緊接著把舌頭捲起，頂住硬顎，便把 huār 讀出來了。

　　讀一讀下面的兒化詞（以下皆按讀音拼寫）

zhèr （這兒）	yìhur　（一會兒）	zàinǎr　（在哪兒）
wár （玩兒）	yìdiǎr　（一點兒）	lǐbiār　（裡邊兒）
hár （孩兒）	yǐngpiàr（影片兒）	xiě zèr （寫字兒）
yár （羊兒）	yíkuàr　（一塊兒）	xiǎo jīer（小雞兒）

(4)「兒化韻」的變化規律

原　　韻	兒　　化	實　際　發　音
韻母 是 a、o、e、u	不變，加 r	花兒　　**huār** 飯勺兒　**fàngsháor** 貝殼兒　**bèikér** 煤球兒　**méiqíur** 小猴兒　**xiǎohóur**
尾音是 i、n (in、ün 除外)	去 i 或 n，加 r	蓋兒　　**gàr** 墨水兒　**mòshuěr** 頂針兒　**dǐngzhēr** 心眼兒　**xīnyǎr** 沒準兒　**méizhuěr** 小輩兒　**xiǎobèr**
尾音是 ng （ing 除外）	去 ng，加 r 元音鼻化	香腸兒　**xiāngchǎr** 板凳兒　**bǎnděr** 沒空兒　**méikõr**
韻母是 i、ü	不變，加 er	有趣兒　**yǒuquèr** 小雞兒　**xiǎojīer**
韻母是 i	去 i，加 er	刺兒　　**cèr** 事兒　　**shèr** 葉兒　　**yèr** 木橛兒　**mùjuêr**
韻母是 ün、in	去 ün 或 in，加 er	花裙兒　**huāquér** 水印兒　**shuǐyèr**
韻母是 ing	去 ing，加 e 元音鼻化	人影兒　**rényẽr**

附錄5　漢語拼音的正詞法

　　最小的語音單位叫音素，而組成句子的最小單位叫「詞」，「語」是具有意義的最小單位，語文中常用的是詞而不是字，如：天、天天、天下、天空、天王巨星、天子，這些語詞都和「天」的原義有些出入。漢語拼音重視詞的意義，所以標音時對於專有名稱或常用詞都以分詞連寫法標示。

　　分詞連寫法的基本規則如下：

1. 以詞爲拼寫單位，並適當考慮語音、語義等因素，同時考慮詞形長短適度；

2. 基本採取按語法詞類分節敘述；

3. 規則條目盡可能詳簡適中，便於掌握應用。

　　漢語拼音標語詞的聲音時，基本上以詞爲書寫單位，詞分「單音詞」、「複音詞」、「多音詞」，其標音方式如下：

單音詞 ⎰ rén（人）pǎo（跑）hǎo（好）shǔ（鼠）zhǐ（紙）
　　　 ⎱ hé（和）xiàng（象）hěn（很）

複音詞 ⎧ fúróng（芙蓉）　　qiǎokèlì（巧克力）
　　　 ⎪ péngyǒu（朋友）　　yuèdú（閱讀）
　　　 ⎨ dìzhèn（地震）　　niánqīng（年輕）
　　　 ⎩ zhòngshì（重視）　　wǎnhuì（晚會）

多音詞 ⎰ diànshìjī（電視機）　　túshūguǎn（圖書館）
　　　 ⎱ bǎihuògōngsī（百貨公司）

四音節以上表示一個整體概念的名稱，按詞（或語節）分開寫；不能按詞（或語節）畫分的，全部連寫：

wúfèng gāngguǎn（無縫鋼管）

huánjìng bǎohù guīhuà（環境保護規劃）

Zhōngguó Shèhuì Kēxuéyuàn（中國社會科學院）

Hóngshízìhuì（紅十字會）

單音節詞重疊，連寫；複音詞重疊時，則分開來寫，如：

rénrén（人人） niánnián（年年）

kànkan（看看） shuōshuo（說說）

yánjiù yánjiu（研究研究） shǎngshì shǎngshì（賞識賞識）

xuěbái xuěbái（雪白雪白） tōnghóng tōnghóng（通紅通紅）

重疊並列即 AABB 式結構，當中加短橫線：

láilai-wǎngwǎng（來來往往） shuōshuo-xiàoxiào（說說笑笑）

jiājiā-hùhù（家家戶戶） qiānqiān-wànwàn（千千萬萬）

⑴大寫

    ①句子開頭的字母和詩歌每行開頭的字母大寫：

        Huǒchē kuài láile-wu wu wu（火車快來了，嗚嗚嗚）

    ②專有名詞的第一個字母大寫：

        Běijīng（北京）   Chángchéng（長城）

        Qīngmíngjié（清明節）

    ③由幾個詞組成的專有名詞，每一個詞的第一個字母大寫：

        Guójì Shūdiàn（國際書店）Hépíng Bīnguǎn（和平賓館）

        Guāngmíng Rìbào（光明日報）

    ④專有名詞和普通名詞連寫在一起，第一個字母要大寫：

        Zhōngguórén（中國人）   Míngshǐ（明史）

        Guǎngdōnghuà（廣東話）

    ⑤已經轉化爲普通名詞的，第一個字母小寫：

        guǎnggān（廣柑）   zhōngshānfú（中山服）

⑵隔音符號的書寫

    a、o、e 開頭的音節連接在其他音節後面時，如果音節的界限不太清楚，恐怕產生誤會，就用隔音符號「'」隔開。以免混淆，例如：Xi'ān（西安）如果不加隔音符號會成爲 xiān（先）、píng'ān（平安）會成爲 pín gān。

pí'ǎo	dǎng'àn	tiān'é	qīn'ài
皮襖	檔案	天鵝	親愛
qì'é	cháng'é	shàng'è	jiàn'ér
企鵝	嫦娥	上顎	健兒

◆ 分詞練習

聲調練習①

聲調	內 容			
1+1	gōngsī 公司	zhōngbān 中班	bānjiā 搬家	chūzūchē 出租車
1+2	āyí 阿姨	dāngrán 當然	fēicháng 非常	zhōngwén 中文
1+3	bīngshuǐ 冰水	chūkǒu 出口	gāngbǐ 鋼筆	qiānbǐ 鉛筆
1+4	fāngbiàn 方便	fānyì 翻譯	chēzhàn 車站	chī fàn 吃飯
1+輕	duōshao 多少	hēide 黑的	tāde 他的	zhōngguórén 中國人
4+1	yònggōng 用功	kànshū 看書	miànbāo 麵包	càidān 菜單
3+1	xiǎoshuō 小説	wǔcān 午餐	yǔtiān 雨天	xǐ huān 喜歡
2+1	fángjiān 房間	qiántiān 前天	shíjiān 時間	qí tā 其他

聲調練習②

聲調	內　　　　容
2+1	liáotiān　cháoshī　fángjiān　hújiāo　guójiā　hóngshāo 聊天　　潮溼　　房間　　胡椒　國家　紅燒
2+2	Déguó　Hánguó　huáqiáo　láihuí 德國　　韓國　　華僑　　來回
2+3	cháguǎn　péngyǒu　móngdǒng　huándǎo　niúnǎi 茶館　　朋友　　懵懂　　環島　牛奶
2+4	báifàn　búcuò　búhuì　búyòng　bówùguǎn 白飯　不錯　不會　不用　博物館
2+輕	biéde　érzi　háizi　máfan　méiyou　míngzi　piányi 別的　兒子　孩子　麻煩　沒有　名字　便宜
4+2	bùcháng　shàngchuán　shàngcháng　huìyuán 不常　　上船　　上床　　會員
3+2	fǎláng　liǎngnián　fěnhóng　jǐngchá　kěnéng 髮廊　兩年　粉紅　警察　可能
1+2	dāngrán　fēicháng　huānyíng　zhāojí　kāimén 當然　非常　歡迎　著急　開門

聲調練習③

聲調	內　　　容
3+1	zǎoān　wǔān　xǐhuān　shǒudū　shǒutuīchē 早安　午安　喜歡　首都　手推車
3+2	zhǔnshí　xiǎoshí　yǐqián　xiǎohái　xiǎoxué 準時　小時　以前　小孩　小學
3+3 =2+3	(ú)　　(ú)　　(í)　　(í)　　(ó)　　(é) nǚbiǎo　yǔsǎn　xǐshǒu　shuǐguǒ　suǒyǐ　hěnshǎo 女錶　雨傘　洗手　水果　所以　很少
3+4	bǎihuò　bǎiwàn-fùwēng　zǒulù　zhǎngbèi　yǐhòu 百貨　百萬富翁　走路　長輩　以後
3+輕	běibian　lǐtou　zǎoshang　zěnme　yǒude　yǒuyìsi 北邊　裡頭　早上　怎麼　有的　有意思
4+3	zuìhǎo　zìdiǎn　zhùzhǐ　xiàyǔ　yìhuǐr　yìdiǎnr　yìqǐ 最好　字典　住址　下雨　一會兒　一點兒　一起
2+3	tángguǒ　cháguǎn　píjiǔ　niúnǎi　liángyǐ　rénpǐn 糖果　茶館　啤酒　牛奶　涼椅　人品
1+3	zhōngwǔ　Xiānggǎng　jīchǎng　shuāngxǐ　sūnnǚ 中午　香港　機場　雙喜　孫女

聲調練習④

聲調	內　　　容
4+1	zhàopiān　Yàzhōu　tuìxiū　shìqū　qìchē　shàngbān 照片　　亞洲　　退休　　市區　　汽車　　上班
4+2	zìxíngchē　tàofáng　tèbié　wàiguó　qùnián　miàntiáo 自行車　　套房　　特別　　外國　　去年　　麵條
4+3	zhùzhǐ　zìjǐ　xiàxuě　shìchǎng　qìshuǐ 住址　　自己　下雪　　市場　　　汽水
4+4	zuòshì　zuìhòu　zuìjìn　yùbèi　yùndòng　xìyuàn　zhànxiàn 做事　　最後　　最近　預備　　運動　　戲院　　占線
4+輕	zhème　zhèli　yàngzi　yàoshi　dàifu　rènshi　xièxie 這麼　　這裡　樣子　　鑰匙　　大夫　認識　謝謝
3+4	měicì　nǔshì　mǎimài　mǎlù　mǎkè　kěshì 每次　女士　　買賣　　馬路　馬克　可是
2+4	yúkuài　yánsè　suíbiàn　yílù-píng'ān　tángcù　tiánkòng 愉快　顏色　隨便　一路平安　糖醋　填空
1+4	shuōhuà　zhūròu　shēngzì　hēiyè　xīwàng　tāngmiàn 說話　豬肉　　生字　　黑夜　希望　湯麵

附錄 6　常用音節

第一組有十四個音節，占漢字總出現率的 25.9%。

的（de）	是（shì）	一（yī）	不（bù）
有（yǒu）	知（zhī）	丁（dīng）	基（jī）
這（zhè）	我（wǒ）	人（rén）	裡（lǐ）
他（tā）	到（dào）		

第二組有三十三個音節，占漢字總出現率的 24.3%。

中（zhōng）	子（zǐ）	國（guó）	上（shàng）
個（gè）	門（mén）	和（hé）	爲（wéi）
也（yě）	大（dà）	工（gōng）	九（jiǔ）
間（jiān）	向（xiàng）	主（zhǔ）	來（lái）
生（shēng）	地（dì）	在（zài）	你（nǐ）
小（xiǎo）	可（kě）	要（yào）	五（wǔ）
魚（yú）	節（jié）	金（jīn）	產（chǎn）
作（zuò）	家（jiā）	先（xiān）	全（quán）
說（shuō）			

第三組有六十二個音節，占漢字總出現率的 24.7%。

去（qù）	出（chū）	兒（ér）	行（xíng）
會（huì）	正（zhèng）	西（xī）	頓（dùn）
夫（fū）	經（jīng）	拿（ná）	方（fāng）
八（bā）	法（fǎ）	元（yuán）	末（mò）
東（dōng）	同（tóng）	書（shū）	交（jiāo）
美（měi）	洋（yáng）	花（huā）	言（yán）
好（hǎo）	官（guān）	候（hòu）	成（chéng）
下（xià）	邊（biān）	提（tí）	招（zhāo）
當（dāng）	文（wén）	常（cháng）	都（dōu）
年（nián）	身（shēn）	明（míng）	活（huó）
新（xīn）	比（bǐ）	多（duō）	海（hǎi）
對（duì）	手（shǒu）	寫（xiě）	民（mín）
面（miàn）	捨（shě）	學（xué）	因（yīn）
司（sī）	永（yǒng）	清（qīng）	能（néng）
千（qiān）	天（tiān）	看（kàn）	良（liáng）
老（lǎo）	如（rú）		

附錄7 拼寫練習

⊙自己練習把左邊有關史地知識的順口溜加上拼音符號，寫完再和右邊對一對。你寫對了幾題？

長江黃河各三兩	Cháng jiāng huáng hé gè sān liǎng
兩島兩山兩湖廣	Liǎng dǎo liǎng shān liǎng hú guǎng
五個民族自治區	Wǔ ge mín zú zì zhì qū
京津滬渝加澳港	Jīng jīn hù yú jiā ào gǎng
東北三省雲海川	Dōng běi sān shěng yún hǎi chuān
福貴甘甜陝平安	Fú guì gān tián shǎn píng ān
唐堯虞舜夏商周	Táng yáo yú shùn xià shāng zhōu
春秋戰國亂悠悠	Chūn qiū zhàn guó luàn yōu yōu
秦漢三國晉統有	Qín hàn sān guó jìn tǒng yǒu
南朝北朝誓對頭	Nán cháo běi cháo shì duì tóu
隋唐五代又十國	Suí táng wǔ dài yòu shí guó
宋元明清帝王休	Sòng yuán míng qīng dì wáng xiū

⊙讀讀音標，你能寫出中文來嗎？

音　　標	中　　文
Gāng pén wǎn dié, nǎ ge shēn?	缸盆碗碟，哪個深？
Gāng bǐ pén shēn, pén bǐ wǎn shēn, wǎn bǐ dié shēn.	缸比盆深，盆比碗深，碗比碟深。
Nǎ ge zuì shēn? Zuì shēn shì gāng.	哪個最深？最深是缸。
Nǎ ge zuì qiǎn? Zuì qiǎn shì dié.	哪個最淺？最淺是碟。
Tiān shàng yì kē xīng.	天上一顆星。
Dì shàng yí kuài bīng.	地上一塊冰。
Shù shàng yì zhī yīng.	樹上一隻鷹。
Qiáng shàng yì pái dīng.	牆上一排釘。

附錄 8　漢語拼音總表

聲母＼韻母	a	o	e	ê	-i	er	ai	ei	ao	ou	an	en	ang	eng	ong	i	ia	iao
	a	o	e	ê		er	ai	ei	ao	ou	an	en	ang	eng		yi	ya	yao
b	ba	bo					bai	bei	bao		ban	ben	bang	beng		bi		biao
p	pa	po					pai	pei	pao	pou	pan	pen	pang	peng		pi		piao
m	ma	mo	me				mai	mei	mao	mou	man	men	mang	meng		mi		miao
f	fa	fo						fei		fou	fan	fen	fang	feng				
d	da		de				dai	dei	dao	dou	dan		dang	deng	dong	di		diao
t	ta		te				tai		tao	tou	tan		tang	teng	tong	ti		tiao
n	na		ne				nai	nei	nao		nan	nen	nang	neng	nong	ni		niao
l	la		le				lai	lei	lao	lou	lan		lang	leng	long	li	lia	liao
z	za		ze		zi		zai	zei	zao	zou	zan	zen	zang	zeng	zong			
c	ca		ce		ci		cai		cao	cou	can	cen	cang	ceng	cong			
s	sa		se		si		sai		sao	sou	san	sen	sang	seng	song			
zh	zha		zhe		zhi		zhai	zhei	zhao	zhou	zhan	zhen	zhang	zheng	zhong			
ch	cha		che		chi		chai		chao	chou	chan	chen	chang	cheng	chong			
sh	sha		she		shi		shai	shei	shao	shou	shan	shen	shang	sheng				
r			re		ri				rao	rou	ran	ren	rang	reng	rong			
j																ji	jia	jiao
q																qi	qia	qiao
x																xi	xia	xiao
g	ga		ge				gai	gei	gao	gou	gan	gen	gang	geng	gong			
k	ka		ke				kai		kao	kou	kan	ken	kang	keng	kong			
h	ha		he				hai	hei	hao	hou	han	hen	hang	heng	hong			

聲母＼韻母	ie	iu	ian	in	iang	ing	iong	u	ua	uo	uai	ui	uan	un	uang	ueng	ü	üe	üan	ün
	ye	you	yan	yin	yang	ying	yong	wu	wa	wo	wai	wei	wan	wen	wang	weng	yu	yue	yuan	yun
b	bie		bian	bin		bing		bu												
p	pie		pian	pin		ping		pu												
m	mie	miu	mian	min		ming		mu												
f								fu												
d	die	diu	dian			ding		du		duo		dui	duan	dun						
t	tie		tian			ting		tu		tuo		tui	tuan	tun						
n	nie	niu	nian	nin	niang	ning		nu		nuo			nuan				nü	nüe		
l	lie	liu	lian	lin	liang	ling		lu		luo			luan	lun			lü	lüe		
z								zu		zuo		zui	zuan	zun						
c								cu		cuo		cui	cuan	cun						
s								su		suo		sui	suan	sun						
zh								zhu	zhua	zhuo	zhuai	zhui	zhuan	zhun	zhuang					
ch								chu		chuo	chuai	chui	chuan	chun	chuang					
sh								shu	shua	shuo	shuai	shui	shuan	shun	shuang					
r								ru		ruo		rui	ruan	run						
j	jie	jiu	jian	jin	jiang	jing	jiong										ju	jue	juan	jun
q	qie	qiu	qian	qin	qiang	qing	qiong										qu	que	quan	qun
x	xie	xiu	xian	xin	xiang	xing	xiong										xu	xue	xuan	xun
g								gu	gua	guo	guai	gui	guan	gun	guang					
k								ku	kua	kuo	kuai	kui	kuan	kun	kuang					
h								hu	hua	huo	huai	hui	huan	hun	huang					

國家圖書館出版品預行編目資料

漢語拼音／羅秋昭，盧毓文著. -- 四版.
-- 臺北市：五南圖書出版股份有限公司，
2023.09
　　面；　公分
ISBN 978-626-366-336-7 (平裝)

1.漢語拼音

802.47　　　　　　　112011415

1XU2

漢語拼音

作　　者 ― 羅秋昭(411)　盧毓文

發 行 人 ― 楊榮川

總 經 理 ― 楊士清

總 編 輯 ― 楊秀麗

副總編輯 ― 黃惠娟

責任編輯 ― 魯曉玟

封面設計 ― 姚孝慈

插　　畫 ― 謝麗恩

出 版 者 ― 五南圖書出版股份有限公司

地　　址：106台北市大安區和平東路二段339號4樓

電　　話：(02)2705-5066　　傳　　真：(02)2706-6100

網　　址：https://www.wunan.com.tw

電子郵件：wunan@wunan.com.tw

劃撥帳號：01068953

戶　　名：五南圖書出版股份有限公司

法律顧問　林勝安律師

出版日期　2004年5月初版一刷
　　　　　2008年12月三版一刷（共九刷）
　　　　　2023年9月四版一刷
　　　　　2024年7月四版二刷

定　　價　新臺幣200元

經典永恆・名著常在

五十週年的獻禮——經典名著文庫

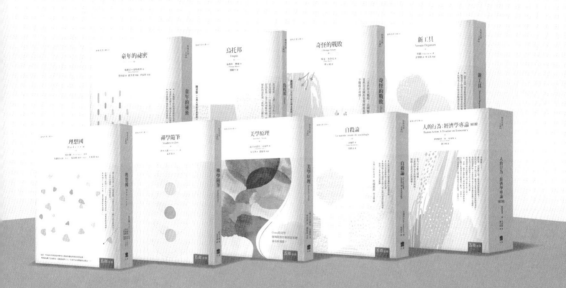

五南，五十年了，半個世紀，人生旅程的一大半，走過來了。

思索著，邁向百年的未來歷程，能為知識界、文化學術界作些什麼？

在速食文化的生態下，有什麼值得讓人雋永品味的？

歷代經典・當今名著，經過時間的洗禮，千錘百鍊，流傳至今，光芒耀人；

不僅使我們能領悟前人的智慧，同時也增深加廣我們思考的深度與視野。

我們決心投入巨資，有計畫的系統梳選，成立「經典名著文庫」，

希望收入古今中外思想性的、充滿睿智與獨見的經典、名著。

這是一項理想性的、永續性的巨大出版工程。

不在意讀者的眾寡，只考慮它的學術價值，力求完整展現先哲思想的軌跡；

為知識界開啟一片智慧之窗，營造一座百花綻放的世界文明公園，

任君遨遊、取菁吸蜜、嘉惠學子！